Para ti, para mí

STEVE WAY y FELICIA LAW
Ilustrado por MARK BEECH

everest

Para ti, para mí

Contenidos

Tablas de conversión

MEDIDAS DE LONGITUD

pulgadas (in) a centímetros (cm)	multiplicar por	2,5
pies (ft) a centímetros (cm)	" "	30,0
yardas (yd) a metros (m)	" "	0,9
millas (mi) a kilómetros (Km)	" "	1,6

MEDIDAS DE SUPERFICIE

pulgadas cuadradas (in²) a centímetros cuadrados (cm²)	multiplicar por	6,5
pies cuadrados (ft²) a centímetros cuadrados (cm²)	" "	0,09
yardas cuadradas (yd²) a metros cuadrados (m²)	" "	0,8
millas cuadradas (mi²) a kilómetros cuadrados (Km²)	" "	2,6
acres a hectáreas (ha)	" "	0,4

MEDIDAS DE PESO

onzas (oz) a gramos (g)	multiplicar por	28
libras (lb) a kilogramos (Kg)	" "	0,45
toneladas (2000 libras) a toneladas (t) cortas metricas	" "	0,9

MEDIDAS DE VOLUMEN

pulgadas cúbicas (in³) a mililitros (ml)	multiplicar por	16
onzas fluidas (fl oz) a mililitros (ml)	" "	30
copas (c) a litros (l)	" "	0,24
pintas (pt) a litros (l)	" "	0,47
cuartos (qt) a litros (l)	" "	0,95
galones (gal) a litros (l)	" "	3,8
pies cúbicos (ft³) a metros cúbicos (m³)	"	0,003
yardas cúbicas (yd³) a metros cúbicos (m³)	"	0,76

TEMPERATURAS

Grados Celsius o centígrados (°C) a grados Farenheit (°F) multiplicamos por 9, dividimos entre 5 y sumamos 32

Grados Farenheit (°F) a grados Celsius o centígrados (°C) restamos 32, multiplicamos por 5 y dividimos entre 9

Algo para todo el mundo

Todos compartimos cosas con otros: cada vez que nos sentamos a comer y hacemos que los alimentos circulen para que todos puedan servirse, compartimos. Cada vez que celebramos nuestro cumpleaños con amigos o le decimos a alguien un secreto o le contamos un chiste, compartimos. En ocasiones, dividimos algo en partes más pequeñas para que todo el mundo pueda tener algo.

La división es el nombre matemático de compartir. A veces, cuando dividimos, todos obtenemos una parte igual, y en ocasiones, unos sacan más que otros. Por último, hay veces que nos encontramos con una parte que nos sobra, lo que llamamos resto.

SIMPLEMENTE MATEMÁTICAS
El signo de dividir

Dividir es como restar porque el resultado es menor. Su símbolo se escribe ÷, por lo que si queremos escribir ocho dividido entre dos, lo representaremos de esta forma:

$$8 \div 2 = 4$$

Tres gatitos comparten un plato de leche.

Ladrón de bancos

Bill *el Mangui* era un hombre de acción. Se pasaba la vida trazando planes osados y, esta vez, estaba dispuesto a robar el banco Fiebre del Oro. Dedicó mucho tiempo tanto a planear cómo llevarse el dinero, como a pensar en qué se lo gastaría, pero, visto el resultado de sus planes, debió dedicar más tiempo a las matemáticas en el colegio.

A las 10:08 volaron la caja de seguridad y empezaron a meter los montones de billetes en bolsas. Según el plan de Bill, necesitaban cuatro minutos para completar esta tarea.

A las 10:05 de la mañana Bill entró en el banco con su banda, compuesta por Jake, Slim, Stubbles y Fingers.

A las 10:45 la banda estaba en su escondrijo contando el botín.

Bill *el Mangui* estaba encantado: el golpe había salido a pedir de boca y tenían ante ellos 35 000 $. Había dinero para todos. Solo les faltaba repartirlo e irse cada uno por su lado.

A las 11:45 aún estaba contando.

> Uno para Jake, otro para Slim, otro para Stubbles, otro para Fingers, otro para mí...

Y en ello seguía cuando llegó el sheriff...

... y los detuvo a todos.

Por desgracia, Bill el Mangui no había atendido en clase y no sabía dividir bien. Solo conocía un modo de repartir: ir amontonando billete tras billete hasta hacer cinco partes iguales.

7

Reparto justo

En ocasiones, cuando estás repartiendo, es crucial que todos reciban lo mismo. En muchos juegos de cartas, por ejemplo, todo el mundo comienza la partida con el mismo número de cartas para que nadie esté en desventaja respecto a los demás.

Equipos equiparables

Si te reúnes con unos amigos para jugar al fútbol, los dos capitanes seleccionan el mismo número de jugadores. Así debe ser, porque el partido no resultaría nada interesante si uno de los equipos tuviera más jugadores que el contrario.

Los dos equipos de un futbolín tienen el mismo número de jugadores.

Partes para todos

Aprendemos a compartir cuando nos relacionamos con otras personas, como cuando vamos al colegio o participamos en actividades deportivas o artísticas (teatro o danza, por ejemplo). A veces las partes son idénticas, pero otras son desiguales.

Si nos interesamos por el teatro, pronto comprobaremos que en todas las funciones hay papeles grandes y papeles pequeños. Aunque es muy gratificante ser la estrella del espectáculo, todos los papeles de una obra tienen su razón de ser.

En el musical Oliver, el ladrón Fagin es uno de los personajes principales. Los papeles de los chicos del coro son menos importantes.

Desigual

A veces las partes desiguales son injustas. Hay quienes, por ejemplo, comen más de lo que les corresponde cuando se sientan a una mesa. Otros se aferran a cosas que no necesitan aunque estén con gente que carece de ellas y sí las precisan.

9

Compartir el trabajo

Cuando quieres realizar algo, puedes hacerlo solo o pedirle a una serie de personas que te ayuden. Puedes, además, hacer por tu cuenta todas las tareas necesarias o dividir el trabajo en partes y confiárselas a otros.

Los robots comparten el trabajo en una cadena de montaje de automóviles.

Que pase el siguiente

En una fábrica de automóviles, las diferentes tareas suelen compartirse entre seres humanos y robots. El coche se completa en una cadena de montaje que va desplazándolo para realizar sucesivamente todo lo necesario.

El robot 2 aplica la imprimación.

El robot 1 suelda los perfiles de acero que forman la carrocería.

El robot 3 da el color.

El robot 4 lo pule con el acabado.

División del trabajo

Compartir el trabajo de esta forma, con distintas personas realizando diferentes tareas, se llama división del trabajo. Se usa mucho en la industria y en las funciones que se hacen en equipo. En muy distintas funciones y ámbitos, la labor que tú desempeñes dependerá de tu capacitación: tus conocimientos, tu experiencia y tu habilidad.

Mientras tanto los técnicos montan el motor.

El robot 5 lo introduce en su lugar.

Un camión especial saca los coches de la fábrica.

Distintos trabajadores colocan cada cosa en su sitio mediante la cadena de montaje: un coche terminado tiene más de 30 000 partes.

Igualdad de oportunidades

Hombres y mujeres

Las nociones concernientes a las cosas que los hombres deben hacer y a lo que deben hacer las mujeres corresponden a tiempos pasados, cuando los hombres debían salir a cazar mientras las mujeres permanecían en la cueva cuidando de los niños y preparando las comidas. Determinadas sociedades todavía conservan estos papeles tradicionales.

Pero hoy, en muchas sociedades, las mujeres desean ser tratadas de igual modo que sus colegas masculinos y, en muchos casos, hombres y mujeres se forman y trabajan con idéntico éxito.

Azul y rosa

En muchas tiendas de ropa infantil de Europa o Estados Unidos todavía se ven prendas rosas para las niñas y azules para los niños, costumbre que viene de la novela Mujercitas, publicada en 1868, en la que Amy ata un lazo rosa y otro azul a los gemelos Daisy y Demi respectivamente, para que puedan distinguirse como chica y chico.

En muchos países este asunto de los colores varía: los bebés asiáticos, por ejemplo, suelen ir de rojo.

Compartir trabajos

Ciertos trabajos necesitan hacerse todo el día y toda la noche siete días a la semana: el único modo de lograrlo es poner a punto equipos que se turnen; cada uno de ellos iniciará la tarea donde la haya dejado el anterior. Ciertas personas quieren trabajos que les dejen tiempo para hacer otras cosas, sobre todo si están estudiando o tienen obligaciones familiares.

A veces las mujeres con niños pequeños quieren trabajar de nuevo pero, al mismo tiempo, desean estar con sus hijos: en estos casos lo ideal son los horarios compartidos, donde dos personas trabajan a tiempo parcial para realizar una determinada tarea.

Compartir el peligro

Ha habido mujeres en los ejércitos desde hace muchos años, pero solo países como Noruega, Canadá, Israel, Francia, Alemania o los Países Bajos les permiten tomar parte en el combate. Aunque hay hombres que no se sienten cómodos luchando al lado de mujeres, ellas también disfrutan con los retos de la vida militar.

Medir las partes

Cuando dividimos algo en partes más pequeñas podemos actuar de diferentes formas: podemos limitarnos a dividir sin más, como por ejemplo en el caso de 10 dividido entre cuatro, que da dos partes de 4 y un resto de 2, y podemos utilizar también otras formas de realizar estas particiones.

Medir partes

Cuando compartimos algo, como *bebidas* o *dinero*, necesitamos guiarnos por algún sistema y discernir si hemos repartido equitativamente o no. Podemos usar fracciones, como mitades o cuartos, o utilizar decimales como 0,5, que equivale a la mitad. Podemos también medir las partes en una escala de 100, lo que llamamos porcentajes, como por ejemplo el 50%.

SIMPLEMENTE MATEMÁTICAS
Dividir en partes

Cuando dividimos un número grande como 10, cada parte que obtenemos podemos representarla con fracciones (por ejemplo, 4/10), con decimales (0,4) o con porcentajes (40%).

En los estantes de este supermercado, la mayor parte del
espacio está dividido equitativamente entre los productos.

Testamentos

Cuando alguien muere, deja tras de sí toda clase de posesiones: recibir estas posesiones (herencia) de los padres o de otros parientes se llama heredar.

En ciertos países solo los hombres tienen derecho a heredar: ¡los hijos varones se quedan con todo! Esto se llama herencia patrilineal. En otras culturas solo heredan las mujeres, lo que se llama herencia matrilineal.

En otros países la herencia debe repartirse equitativamente entre todos los hijos: este es el caso de Francia, por ejemplo, pero no siempre es buena idea. Cuando un granjero francés fallece hay que dividir su tierra en partes iguales y dar una a cada hijo; cuando estos a su vez mueren la tierra se fragmenta todavía más, hasta que las parcelas son tan pequeñas que no vale la pena explotarlas.

En los países regidos por un rey o una reina, la corona pasa al hijo mayor. En Gran Bretaña, sin embargo, el príncipe hereda la corona aunque tenga una hermana mayor.

Repartirlo todo

En muchos países los hijos reciben partes iguales. Estos reciben una quinta parte cada uno.

 Todo  0

Sin embargo, en el pueblo indonesio de los minangkabau, de Sumatra occidental, solo heredan las mujeres: las propiedades y las tierras pasan de madres a hijas.

En los países islámicos los hijos heredan el doble que las hijas.

En el pasado, en Galicia, todos los hijos recibían parte de la herencia, pero solo uno heredaba el hogar familiar y la parte principal del patrimonio.

Compartir dinero

Hay mucha, pero mucha gente en nuestro planeta que necesita ayuda. Si ves los informativos de televisión o lees los periódicos, probablemente seas consciente de lo difícil que es la vida para quien vive en los países pobres o en lugares asolados por la guerra.

Dar a otros

Todos tenemos necesidades y caprichos: entre las necesidades se encuentran la comida, el vestido, la vivienda y demás; luego deseamos cosas que nos gustaría tener además de cubrir esas necesidades básicas, como videojuegos, helados o prendas de marca.

Tan acostumbrados estamos a poseer cosas que nos parece imposible vivir sin ellas, pero no lo es. Si compartimos parte de lo que destinamos a satisfacer nuestros caprichos, podemos ayudar a otros que tienen una parte mínima e injusta de lo que el mundo nos ofrece.

Hay muchas formas de conseguir dinero para tu organización humanitaria favorita.

Con el concierto Live Aid de 1985 se inició la tradición de servirse de la música pop para recaudar dinero destinado a causas humanitarias.

Organizaciones humanitarias

Son instituciones que ofrecen ayuda a quienes la necesitan: hay muchas que te sonarán y puede que incluso colabores con alguna de vez en cuando. Si todo el mundo entregara aunque solo fuese una pequeña cantidad, esta se convertiría enseguida en una suma de dinero capaz de cambiar vidas.

UNICEF

El Fondo de las Naciones Unidas para la Infancia es una organización que trabaja en favor de los niños de todo el mundo mediante proyectos que ofrecen educación básica, especialmente a las niñas, y ayuda médica. Además, liberan a los niños que son reclutados por la fuerza para formar parte de ejércitos o para trabajar a cambio de una miseria.

WWF

El Fondo Mundial para la Naturaleza lidera los esfuerzos de 100 países para proteger especies en peligro, como el panda, y sus hábitats. Se ocupa también de asuntos como la contaminación, la sobreexplotación pesquera y el cambio climático.

Robar a los ricos

Vivimos en un mundo en el que unos pocos son inmensamente ricos mientras que muchos, muchísimos, han de mendigar para comer. Robin Hood es el protagonista de numerosas historias sobre un joven que fue desterrado y tuvo que esconderse en un bosque.

El bosque de Sherwood en la actualidad.

Me esconderé en el bosque de Sherwood.

En la época, el alguacil de Nottingham estaba a cargo de la zona: recaudaba dinero exigiéndoselo incluso a los más pobres.

Robin Hood me ha desafiado. Desde hoy lo declaro desterrado.

Robin se vio obligado a refugiarse en el bosque de Sherwood.

Compartiremos tu vida, Robin.

Robin Hood pensaba que el dinero debía distribuirse con mayor equidad: se lo quitaba a los ricos para dárselo a los pobres.

Muchos de los robos tenían lugar en el bosque, que los hombres de Robin conocían palmo a palmo.

Nadie sabe si Robin Hood existió de verdad, pero su historia es lo que cuenta, porque está en contra de acumular muchísima riqueza y en favor de compartirla más equitativamente.

Solían detener a los viajeros ricos que atravesaban el bosque y los obligaban a compartir una comida sencilla; tras pagar un alto precio por la "hospitalidad" de Robin, se les permitía seguir su camino.

Una estatua de Robin Hood en Nottingham, RU.

21

Ciudades divididas

Berlín

El 16 noviembre de 1989 cayó por fin el muro que había dividido la ciudad durante veintiocho años. Una alta muralla de cemento custodiada por guardias armados, fosos antivehículos, alambre de espino y otras defensas mantenían separadas a las familias de las dos zonas de Berlín, la oriental y la occidental. ¡Por fin pudo ser una sola ciudad de nuevo!

El muro dividió la ciudad de Berlín durante más de 28 años, de agosto de 1961 a noviembre de 1989.

Los picadores del muro

Cuando se erigió el muro, Alemania estaba dividida en dos, Alemania Occidental y Alemania del Este. En 1989 los berlineses decidieron que era el momento de cambiar: desde el 9 noviembre y durante las semanas sucesivas se acercaron al muro con mazas y cinceles y fueron arrancándole trozos, que solían guardar como recuerdo. Se les apodó *Mauerspechte*, o pájaros carpinteros del muro.

La ciudad de Budapest ocupa ambas orillas del río Danubio.

Budapest

Durante muchos años, la capital de Hungría fue la ciudad de Buda en la orilla occidental del Danubio pero, en 1873, Buda se fundió con la ciudad de Óbuda en el norte y con la de Pest en la orilla opuesta. A la nueva ciudad producto de esta fusión se la llamó Budapest.

Compartir el espacio

Torres de apartamentos en Hong Kong

Si vivimos en el campo probablemente estaremos al lado de nuestros vecinos, pero si vivimos en un edificio de apartamentos de una ciudad nuestros vecinos estarán por encima, por debajo o al mismo nivel que nosotros.

En muchas partes del mundo las ciudades están atestadas y el suelo escasea. En la diminuta isla de Hong Kong y alrededor de ella se apiñan más de siete millones de personas en torres de apartamentos tan altas como rascacielos. Decenas de miles de residentes habitan edificios que tienen sesenta o más pisos de alto.

Bien apretados

Tal vez creas que quienes viven en estas condiciones se sienten como piojos en costura, pero hay estudios que indican que, por el contrario, los residentes de estas torres disfrutan de la familiaridad y el sentido comunitario que se deriva de compartir un edificio que los alberga a todos.

Espacios abiertos

Nuestro planeta es muy grande y en su mayor parte está cubierto de agua; buena parte de la tierra firme es inadecuada para vivir, caso de los desiertos, los casquetes polares o las cadenas montañosas, pero aún queda mucha Tierra por poblar, incluso teniendo en cuenta sus casi 7 000 millones de habitantes.

En realidad podrías dar una fiesta para toda la población mundial en un país del tamaño de la isla caribeña de Puerto Rico y aún sobraría espacio para bailar.

25

La vida de un árbol se extiende por debajo del suelo tanto como lo hace por encima de éste.

Vivir en un árbol

Una sustancia química de las hojas llamada clorofila transforma la luz del sol en alimento para el árbol.

Los árboles ofrecen un hogar, un hábitat, para gran variedad de plantas y animales que desempeñan importantes funciones en el medio circundante. En este ecosistema, los habitantes del árbol comparten los beneficios de su hábitat, al que también dan algo a cambio.

Los insectos y los pájaros son el alimento de animales más grandes.

Los insectos y las aves se alimentan de las hojas, la savia y los brotes tiernos de las ramas.

Musgos y líquenes suministran alimento a los insectos.

Los insectos ofrecen alimento a las aves y a mamíferos pequeños.

En el tronco crecen musgos y líquenes; lo utilizan para sustentarse.

Los hongos que crecen en torno a las raíces ayudan al árbol a absorber importantes nutrientes.

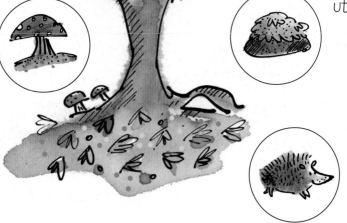

Los hongos se alimentan del árbol pero sin perjudicarlo.

Compartir el tiempo

Nos mantenemos en contacto con amigos y familiares compartiendo nuestras novedades; cara a cara podemos hablar con tres o cuatro amigos a la vez. Si chateamos o enviamos mensajes de texto es más probable que compartamos las cosas con una sola persona.

Mostrar y contar

En muchos colegios los alumnos llevan a clase un juguete favorito o una afición para las sesiones de mostrar y contar, en las que cada alumno tiene unos minutos para compartir una experiencia con los demás. Todo el mundo aprende de los otros y todos tienen la oportunidad de acostumbrarse a hablar frente a la clase.

Twitter

Si quieres comunicarte con muchos amigos al mismo tiempo puedes hacerlo a través de redes sociales como Facebook o Twitter, cuyos 400 y 200 millones de usuarios respectivamente comparten, mediante textos y fotografías, los acontecimientos

Diagramas de sectores

Podemos representar cómo utilizamos nuestro tiempo mediante un diagrama de sectores. Divide un círculo en 24 secciones iguales (por las 24 horas del día) y, usando distintos colores, podrás registrar cuántas dedicas a cada actividad.

de su vida cotidiana. Otro modo de usar Twitter es la transmisión de noticias: si alguien es testigo de un suceso extraordinario, como una inundación o un terremoto, envía inmediatamente fotos y textos informativos que llegan a millones de personas de todo el mundo.

Los diagramas de sectores sirven para muchas otras cosas. Este, por ejemplo, representa las distintas clases de alimentos: proteínas, grasas, frutas, verduras y carbohidratos necesarios en una dieta saludable.

29

Acertijos de *Para ti, para mí*

1. ¿Cuál es el término matemático para compartir?

_____

2. ¿Cuántas piezas puede tener un único coche?

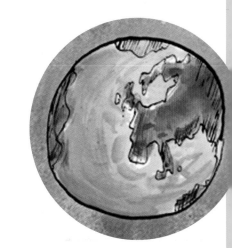

_____

3. ¿Cuántos habitantes hay en la Tierra?

_____

4. ¿Qué nombre recibe un hábitat compartido por distintos organismos vivos que desempeñan diferentes funciones?

_____

5. ¿Cómo se llama el arreglo según el cual dos personas comparten el mismo trabajo?

_____

6. ¿Cómo se representa la mitad en tanto por ciento?

_____

7. ¿Cómo se llama recibir dinero o propiedades de un familiar que fallece?

_____

8. ¿Qué significan las siglas WWF?

_____

9. ¿Cómo se llamaba el proscrito inglés que vivió en el bosque de Sherwood?

_____

10. ¿Cuál es el nombre del río que atraviesa Budapest?

_____

RESPUESTAS: 1. División 2. Más de 30 000 3. Casi 7 000 millones 4. Ecosistema 5. Trabajo compartido 6. 50% 7. Heredar 8. Fondo Mundial para la Naturaleza 9. Robin Hood 10. Danubio

Índice

SEP 0 9 2013